JN115195

旋律になる前の

紫衣

思潮社

いいかけて、息をとめる
一瞬のくるしさ
毀れそうになって　ぎゅっと身をよじる
このもだえ
胚珠《ここ》にひそめる呼気を
きかれてしまっただろうか
いましがた　ゆかに落ちた花影にとどこうとする、窓からの光に身をかがめ
そっと手添えする、あなたのひらいた耳に

目次

カバー写真＝著者

旋律になる前の

（かなでないでいて）

とじられた　白い
シフォンレェスのまぶたに
光りのさやがさしいれられて
やわらかにときほどかれた　てのひらの透き間を
ゆるやかにすべりおりてゆく
あとには　鱗粉
ものいわぬ
風たち、の……

交響曲《シンフォニー》！　それは——いつもと変わらないめざめ。

ただ、きのうまで　ゆかにかきちらしてあったはずのばらばらの紙面が、きれいに整えられてまるいサイドテーブルに置かれ。カーテンに織り込まれたすずらんの影が　窓硝子からこぼれる無色透明の光彩にうつしとられて、まだ誰のゆびにもふれられていない朝六時の黒鍵に息づくまばたきと溶けあい、耳を澄ませばはたと儚く消えうせて毀《こわ》れそうなしずけさをひめやかに綾なしている。それはきっと　ひとの意識下にしか咲かない花々の蜜をかすめにゆきかう蝶鳥《ちょうとり》のえがきそめる鉛ぴつ画の、ひそやかな軌跡《ビブラアト》なのかもしれない。

けれどもそんな、ゆれうごく音符の片鱗さえも、わたしはつかみとるすべを知らぬから

（……待って、）こんな　すずやかな日の朝は（かなでないでいて。）わたしを呼ぶこえがやさしく　きのうよりすこし／だけくるしい。かるいみもだえ。ゆるくかぶりを振り、遠く寄せてはひきかえすゆめの波音をそっとあしのさきでくみとらえると、まだつめたさの残るシーツの細やかな水模様にしまいこむ。

階下からひびく　わたしの名——。

第1章

名もなき池

届いた封書　差出人は不明
筆《みずくき》でしるされた書体はかぐろく、未だ幽かに湿り気を帯び
裏返すと、ゆびの腹に
朱肉の色が滲んだ

*

雨がふりはじめていた。

山肌に囲まれた、見しらぬ土地である。最寄りの停留所から降り立ち、人家のまばらな集

落から歩くこと数時間。とある境内の参道脇に息づく小さな池をおとずれた。
夕闇が迫り、黒ずんだ靄に手を差し入れる。
忽ち視界に
蚊柱がひろがった。

——歴史ある土地とされていなくとも、そこには同じだけの時間が在るはずだ
声のする背後をふり返ると、蠢く人影の隙に装束を纏った一人の男が立っている。ひろげた傘が犇めくせいで俯けた顔が影になり、表情がみえない。運ばれる足の数だけが価値をさだめるものではない、そんなことを云いたいのだろうかと返答に窮していると、
——どちらにしてもうれしいものです
徐に男は目を細め、私を池へと促した。

——もとは貯水池だったのですが
男は語り始める。あるとき、ひとりの画家が一枚の絵に切りとった。それを境に人が集まり、以後途絶えることがないという。
——あなたも。そのクチですか

足をとめ、昏い水面下を覗き込む。底に沈む藻のからまりが、か細いヒトの手足をおもわせた。

ふくみ笑い。

――みずうみじゃあるまい

　但し一つだけご承知おきを。時刻が時刻でございますから

……佇んでは、またいっとき立ち去ってゆく。あるいは橋の下、あるいはたち籠める濃霧の水際ぎりぎりの淵を、点と線で繋ぐように。みる者の立ち位置やその刻《とき》の水量、射し込む光のかく度によってひとつとて類する景を生まない瞬間があるのと同様に、透明度の高い水面を隔てた向こう岸にうつる人たちの乱れる脚も、ひとところにとどまりはしない。私はそのなかに自身の、その姿形《すがた》を見ぬうちに、疾く逃れようとしていたのかもしれない。なぜなら出遭ってしまったが最後、己の生きうつしをこの目でみた瞬間にヒトは、そのひとは――

はっとして耳を塞ぐ。

聞いてはならない、咄嗟に思ったが後の祭り。

「みずを引け！」
誰かの怒鳴り声。

……ヒイテヤレ、

かそけく木霊して。あらがうも引き摺り込まれてゆく。
藻掻くとからまる指とゆび。みる間にふくれあがっていく感触——。

＊

正式な名称は持たないが、其処には〝謂れ〟があると云い
あの日手放した封書の中身には
最期に吐かれたことばが——それはけしてやさしいものではなかったが
たしかに見覚えのある筆跡で
綴られていた

無縫塔

墓石の立ちならぶ
山奥の、集落跡地の片隅に
ひっそりと佇む岩の影
掘られた線にゆびをあてがい、ゆきをふり払う

＊

年の瀬に、故郷を訪れた。〝出身地〟でない。生まれの土地だから、大人になってから語ることはほとんどなかった。憶えているの？　ひとは言うけれど、この頃の記憶ほど鮮明に思いだせる光景は、そうない。まだ四つん這いであった頃。私は言葉を話せなかったけ

ど、大人たちが交わしている会話にじっと目を瞠り聞き入っていた。

「立派な石やね」

「入るにはまだ早すぎや」

数人の少女と少年が、山道を駆けあがりながら近づいてくる。目線をあげると、そのうちのふたりが腰を落とし、乳母車のなかの私の手をとった。

「長いのにしときゃあ」

「火がうつると熱いで。えか」

煙のあがる線香を握らせ、彼女たちは手をあわせる。私も真似して目をとじた。暗闇に浸り、何秒ほどが経った頃だろう。聞き憶えのある母音が耳の奥で繰りかえされた。目をつむったままそれを辿ると、私の名であることに気がついた。

「違うご先祖や。お父さんが墓石まちがえた」

またか。毎年のことや。此処らは同じ苗字が多いでなぁ。いいかげん、場所覚えてや。

慌てて隣の花立に挿しにいく、母の後ろ姿。

「冷たっ」

まだ水かけんといてや。ほうか。これも毎年のコントや……。

（空いた席、欠落の窓。母がいて、私がいて彼女がいて。そこになぜ、もう一人の〝かの女〟がいないのか。なぜ〝あのひと〟だけがいないのか。思い出せるだろうか。曇りガラス、ひび割れの隙間に指を咥えた日。あなたは私を、あかるい処、まばゆい場所へと連れだして、引かれたカァテンを開け、消したはずの灯りを無理矢理つけて、流血する左手首を垂らした浴室《バスルーム》。濡れた顔を呼びよせて、一口のスプーンをくちびるへ押しやり〝蜂蜜色のスポンジに、白いクリームをあしらった〟苺の赤が光る。その味が、けれど私には分からない、わからない……　泣き崩れる耳元に近づき囁いた、その笑顔から。皺が消えた、影がきえた——ワタシタチ、ドコデアッタノデショウネ——）

私はかの女の名前の一部を知っていて、何度も呼びかけた。かの女は私を、うまれる前からしっていて、たった一度だけ、親しい呼び名でこちらをふり向かせ、それから二度と口にすることはなかった。その声を愛撫できるなら、この腕を差し出してもいい。けして触れられない余韻を手繰り寄せ、けさもまた虚空をつかむ。それでもなお私たちは、なにかを遺そうと試みる。

＊

〝きっとまた間違えるから〟そんな理由ひとつで墓標《しるべ》を拒んだ。それは確かにかの女の意志だけど、本当の理由は他にあったのだろう。隣で筆をはしらせる、同じ血を継ぐ子どもたち。宛先の名に目を馳せる。かなしみがひろがるだけだから、識字の多くを教えたくないのだと、寒空の下につぶやいたかの女は、私がしるした文字とも記号ともつかないあの岩の模様を、どんな心持で眺めていたのだろう。


「どのようなかたちであっても、いつかは」

白く乾きはじめた髪を撫でられ、そっと立ちあがる。

人為的なものはいつか、施された着手の純粋性によって次第に姿を蝕まれてゆくのだろう。

意味を持たせた罪の代償に、我々が手を染めるものは何であろうか。

——跫音
手向けの一輪
ゆらしながら、凍結した墓所に黙するひとよ
しろい花弁のさきに　ひと粒の雫がこぼれ落ちる

小宴

残り香がする
光の射さない部屋を出て、　回廊を曲がり
その扉の前まで来ると　蝶ネクタイをつけた人影が会釈をし
ひとり分の
足音がきえた

＊

こんなにも　こぼれる笑みが。　そう呟いたのは誰だったろうか。　燭台を前に新郎新婦のあいた席、向かい側に父と母、そしてもう一人の。進行を促す者もいない、たった五人で執り行われる宴だ。運ばれる食前酒。入れ替わりたち代わり、弔いを思わす無垢な衣裳を身に纏い、生血に似せた紅差しの儀の、ふるえを袂に忍ばせて。

支柱が雨水を含み膨張するせいだろうか、背後の壁から軋む音が止まない。地上三階の窓硝子には人々がゆき交う気配が漂い、彷徨いの果てに砂絵のごとく掻き消えていく。誰かのゆめをみているのだろうか。

「ちがう——ちゃんよ。ほら、みて頂戴」

母の指さす方向にひとつの小画面《スクリーン》。画質の粗さと手振れの奥に、けれども確かに見憶えのある幼年時代の光景がうつし出される。

(いつも、いつもその前を通ると足音ひとり分だけ消えるんだって。耳元で囁かれる同級生の声。誰にもみつからず、気づかれないうちにいなくなれたなら。そんな戯言を零すよりもはやく感触が掌の体温を奪った。駆けだしてゆく。破れそうな皮膚の下。鳴りを潜める児戯の名にそれは逆る勢いで朽ちてゆく。〝薄雪荘〟老婆《かの女》のねむる北向きの部屋。なきながら問う声がする。その貌が見たくて、その記憶だけが鮮明で、眠りながら何度も同じ夢をみた。繰り返される光景の庭の片隅に植えられたしろい花。どこで取り違えたのだろう。壁に飾られた婚礼、の儀式のはずだった。白い脚。白い頰。着物をきせて、匣にいれて、この身をどうか焼かないでください、と哭いて——)

遠くで足音が鳴る。
天井をふり仰ぎそっと息を吐く。小指と親指を添え、つよく押しあてる。
深い液体のなかに浮かびあがる骨の白。一枚の超音波《エコー》写真。
「いきてるの」
それでも、生きているのだよ——。
飾り窓がふたつ嵌め込まれただけの小部屋に集い、
(生きいそぐしかなかった。白昼の眩む光にけおされ、それしかすべが)

*

ひらかれる瞳
透けてゆく視界

古い姿見の前で色直しをしたはずの新郎新婦はいまだ中座したまま戻らない
いちばん毀れやすいひとを
相《あい》することでなくしてなお、葬られた氷面下にかさねあうしかなかった掌を
〝つみ〟と言えるだろうか
顔のない輪郭が硯の上を滑り薄められた墨汁となって畳を穢してなおも
「いつからいたのだ」と問われ、こたえられるか？

灯籠流し

あえるんだろうか　さきに
いってしまったひとは

足もとがゆらぐ
(どうしたって　だめだったって
(うえに　あがれなかったって
一本の白蠟に
焔を燈し
底のみえない波打際へ手放した

水溶性の薄紙に浮かびあがる〝ひらがな〟が
あかい影絵のようにふるえ
呼気さえも眠りにつく
この丑三つ時に

＊

あかるさが呼びかけてくる。
めざめる瞬間、すこしだけこわかった。カーテンの透き間のほころび。天井に反射するみずのたゆたい。頬骨にあたる陽のひかりにも感触があることをしった、あさ。はみ出たゆめの残滓を五本の指に垂らしたまま、立ち昇ってゆく気配。水に潜ったあとのように、ゆるくかぶりをふる。
毎年おとずれる祖母の家。
――いってこや　連れてってたりゃあ
　きょうは此処いらきっての灯籠流しやで、えか
縁側に射す陽の光。落ちた椿のしろさがまぶしくて、ぎゅっと片目をつむった。

（匣、なんやね　ひとの身体みたい）

均等にきりそろえた木枠を組みたてながら、口にした。年のはなれた姉の隣で。嫁ぎの日が近かった。似てるよね、スカイランタン。しってる？　すきな絵をかいて――ちゃんも、どんな願い事でもええんよ。くっついた和紙をほぐしてひろげて、そうっと息でふくらませて。点火させ熱を帯びたら、真っ暗闇のなかをまあるく照らして飛んでゆくの。ひとつ、ふたつ。夢想する。よわい光よ。かぞえるの。ふたりの空を囲むように、たくさんのあかりが集まれば、きっと　迷わないでしょう、これからゆくみちを。

手をつなぎ。

みずぎわをあゆみながら思いめぐらす。わたしはあの日、見たのだろうかと。かの女の花嫁衣裳を。語って聞かせたランタンで彩られる闇夜に祝福されたはずの、宴の列を。ふしぎやね。すれ違うひとが皆、傘をひろげてゆく。ここにだけあめがふっている。わたしは姉に呼びかけた。金襴緞子の写真がみたいと――。

口を噤む。どうして泣き腫らした目をしているの。

黒い漣。

しろい息を吐き、物憂げに目を彷徨わせていた姉の表情が、死人のように凍りつく。

——悲しむまい。いずれ何処かで、交わるときがくるから
背後からしわがれた声がする。

祖母と同じ年頃の村のひとだろうか。

——さっきもひとり、「自分のだけ沈んでしまった」と泣いて、駆けて行った子どもがあったろう。かれは還してやったよ。ときどき見誤って、まぎれこむ者もいるようや
……

水面に浮かぶ炎に照らされ、眼窩が空洞にみえる。ちらと姉の方を見やると、いたわるように背中を擦り、やがて「もうゆき」と来た道へ促した。

お姉ちゃん
瞬間、理解した。

わたしはもう、ひき返せないほど遠くへ来てしまったのだと。

手をのばすと、つめたい感触の奥から残り火のような感情がしたたり落ちてくる。

舌触り。残酷なまでの。熱を帯びた指先を濡らすあかい残滓が、ついと小突いた花襞をゆらし。黒い影。まばたきもせずに。遠ざかってゆく無数の光の函をみつめる。（いつくしむ口ぶりをしないで。その唇でほんの、昨日のような出来事をまだ、懐かしまないでください）〝死〟はやすらかと誰が云った。〝少し早すぎたようだ〟と、誰が云っただろうか。流れ着いた空き瓶に紙片を押し込め、文字を噛み砕く。離れてください。憎まれてもいい。一条でもまぶたの裏に見出してくれるなら、わたしはあなたの素顔がみたい。手にとる盃を、口に運ぶよりもさきにつよく摑んで。

途端に割れる音。

ふたつの目が光るから、はやくここから立ち去って。冷めやらない〝切り口〟が曲線を纏うガラスを押し開き、透過された瞳孔《うつろ》が虚像にむかって泣き腫らすように、体内に咲き満ちてゆく。

――地上と水面下。空の下と天空とでは、世界が対極になっていることがある
ともすれば見おくる者と見おくられる者　容易に入れ替わることもあるのだろう

光芒

曲線に波打つ山肌と打ち寄せる潮の花が、岩礁に融けあう間《あわい》に
黒鳥の影が擦過する瞬間を目撃した

＊

片あしずつ、はこんでゆく
踵に咲いた一燈の花
此の月もない夜の水面下に
それでも、うつくしい
と
ひとは

残余の声

（……おののきにふれようと、）幾層にも積もった微弱な影のたゆたいにあしを踏み入れようとして、どう立ちすくめばいいのだろう。暮れ残る川べりの、陽の射す喉の裂け目から幽かに漏れる息の音を聞き。呼ばれるままに、出会おうとして、何度も何度もくちを閉ざした。とどかぬ声。満たされない空白の。そのひとは、ゆれうごく熱だけとなって塞がれた耳を擦過する。その残余の声が立ち止まる私を私でなく、対峙するあなたをあなたでなく、それより先けっして物言えぬ冥い記憶の層をゆすぶるのだ——この手にどうしようもなく。

第2章

カルマン回廊

どのよるまできたのだろう
灯りの消された通路　浮かびあがる
足下の非常灯に照らされて
湾曲した壁に身を這わせ
ゆれながら扉に映し出されるものの影
——カルマン回廊
なかへ　弄《まさぐ》る手
鍵をあけるとまた一枚、扉が現れる

（わけられないものは
（もっていくね
（ぼくがもっていってあげるね

その静けささえも　かなしみに似て
二重、三重にうつしみる
水面下にえがかれずにある風景を
たったひとつの〝原画〟とするならば
いきたい

そこへいきたい

＊

その夜。受話器の向こうで語られる、息。ひた走る喧噪。残された、たったひとりの。
（ここまでくるとね。

（だれもとがめないんだよ、ぼくらのことを）

届いたのかとどかなかったのか、沈黙に沈黙を塗り重ね、しかしすべてはこれからだ、とその声はいう。手錠をかけられ、連れられてゆく人の姿。放射状に伸びていく光の中に、ゆらぐ一つの黒い湾。等間隔に並ぶ灯浮標。はっきりと滲む焔の輪郭に、その表情だけがうつらない。首から上がどうしても、思い出されずにいるのだ。

浮上する記憶の場所。もうひとつの海岸線へ。

サリサリ、乾いた音が鳴る。あてがった耳の奥ではない、塞がれないもう片方の。浜の白い砂よりも幽かに透明さをやどした岩塩を、箸で崩す音に似ている。火にあぶられた貝殻の下に敷かれた砂の山、その粒子を先端につけたまま、内臓部を口にふくんだときの味がよみがえる。

（潮騒が遠い　そのせいだろうか）

視界が、闇に溶けていく。何処から入り込んできたのか、畳縁に蠢く塊がある。視点をさまよわせ布を被せると、ナトリウムランプの街灯が窓ガラス越しにぼんやり光り、次の一瞬にきえた。

ゆめをみていたのだろうか。

（願っても、ならないんだよ）

縋るようにその声を求め、浜辺へと駆け出す。つづけて故郷に残した母の名を。母の口からこぼれたかれの名を——肩にも満たない背丈の子だったろうか——私は呼んだ。あの日ガラス細工とみまがえて、捨てられた瓶の破片に埋もれる濡れた燃え滓を拾い集める。数時間後には暁光の色に満ちることだろう。

岩場を潜ると、

そこには誰の姿もなく。

その夜から私は、蟲をあやめるようになっていた。

不思議な宿

埋もれた貝の
遠いくらがりに手をいれる
(見つけにいくから　そこで待っていて)
そう言い残し、手をふったひと
割らないようにそっと、砂のかさなりをくずす

＊

ふつか目の深夜。岩礁群に打ち響く波の音を頼りに、坂道をくだった。一本の街灯もない、

曲がりくねった砂利道だった。(ここらは海沿いで風がつよいから、内陸のように雪は積もらないのですよ)宿の主人のことばを反芻する。浜辺には、幾層もの風紋が月の光に照らし出されることもなくひっそりと描かれ、ひとしれずまたかき消えてゆくのだろう。その波のあとを追いたい。裸足になり、靴をかた手に突端へ。立ち入り禁止の札。霧が濃くなるにつれて潮の香がつよくなる。咽せかえるほどに息を吸う。

——岬に出る道を探しているの

——ずっと前にも一度、おとずれたことがあって

誰かの話し声がする。重なる息。不規則な心音。

「あなたもさがしにきたのですか」

振り向くと、暖簾をくぐってひとりの男があゆみ寄ってくる。この目をみたことがある。後退りするほどの、ぞっとする面影。しかし男は表情もかえずにこちらの視線をうけとめて、しずかに頷き、あかりの灯る店の入り口を一瞥した。

「いいんですよ、おとずれるものは皆ここを通過するようで。ことに雪の降らない夜には後を絶たない。しかしここじゃあ底冷えがするでしょう、ついていらっしゃい」

言いながら、狭い通路の奥へと消えていく。

男の背後をたどるとき、壁に掛けられた鏡を覗き込んだが、部屋の暗さと表面を覆う汚れとで、だれの顔ともわからなかった。

物置小屋を改造したような、トタン屋根の店の奥にはふたりの先客がいた。

――三十年ちかくもむかしの話だけど

――踏み込めない草むらの前で、立ち竦んで出られなくなって

赤いランプの下で交わしながら、湯呑み茶碗を口にしている。私の手元に差し出されたものと同じ飲み物だろうか。色の抜けた髪を掬いあげ、しきりにくちを動かしているが、飛びまわる蟲の羽音と火のはぜる音に阻まれ、きれぎれにしか聞き取れない。

「ご一緒にいかがです」

ふいに男の声に遮られ、顔をあげると薄わらう白い眼とぶつかった。呑み込まれそうになり、思わず手に力が籠る。さきほどから、砂とも礫ともわからぬ粒が回した螺子のあいだで擦れるような音がする。

――さあ　どちらへいかれます

掌に汗が滲む。そのとき、

「あなた、血が」

見ると椅子の下にぶらさげていた足の踵が罅割れ、開いた傷口から黒い液体が垂れている。刺すような痛み。掌でぬぐい、茶碗の中身を一息に飲みほした。途端に石の砕ける音。塩辛さとざらつきが口の中に広がった。この味。舌触り。涙目で訴えるが白濁した男の眼はうごかない。咽せかえり、しゃにむに駆け出していた。

(……ええ、そうです。近道をお教えいたしましょう。ちょうどあなたがいま立つ位置に掘られた岩穴を潜ると、長い通路がございます。壁づたいに進んでいただくと、そのさきに石階段が見えてきますでしょう。無理に上らなくてもいいんです。爪先立って、少々踊り場を覗くだけ。ええ?　一歩ふみ込まれますか。そう、あともう一歩だけ……)

*

あばきたいゆえか、みちびかれるためか。

一枚いちまい重なるそれを私たちは剝がしてあそんだ。だが見つけられなかったのだ、〝ちょうちょ貝〟を。はじめからそうであるとでもいうように、耳底の潮騒にささやかれ。引きかえす波はとめどなくあふれ、この手にふれようとすればするほど声にならない虚空が満ちみちる。水面下へと誘う、渦を巻くいきものたち。けしてたどりつくことのできない場所。それとひきかえに、もう一度砂にしるそうか。


(ひとがどんなものかが、わかるって)

(わかったの、そのひとは)

ここは不思議な宿である。真夜中の寝静まった時刻でも、だれが戻ったのかが分かるのだそうだ。そこで耳にした、はじめて聞く店の名。

(名前の一文字と苗字の一文字を、あわせてきめたんだって)

(ほんみょう?)

(本名、だよ)


潮の香に呑まれて、また生まれる光。

しかしあの暖簾をさがしても、そこにひとの姿はなかった。

ふゆざれに、咲く

いちどだけ、その砂浜におりたったことがある。

そのむかし。難破した船から投げだされた大勢のひとびとが、水死体の姿でうちあげられ、浜に辿りついた僅かばかりの人たちも、飢えと寒さでなくなった。その人々のかずは、ひゃくを超えたという。

*

百人浜。

陽が水平線ちかくを染めあげる赤闇の濱辺を、ふたり歩いた。並んであるいた。きがつくと、時折半歩ずつ遅れてしまう影法師をそっと手もとにひき寄せながら。ゆるやかに巻き返す記憶。あなたをしるまえのうつくしい一日。（……その岬ではね、ひの出と日没の両方が同じ場所で見られるんですって）その目は遙か、底面の一部分にだけ、浮氷の反射を受けてあかるんでいる上空の雲をのぞんでいた。風がつよい。ひろげた傘のほかにさえぎるものがないからか、悴《かじか》んでいた掌が徐々に汗ばんでくる。打ちあげられた硝子瓶。ひとつずつ拾いあつめたくなるような透明のつぶて。そのなかに埋もれるようにして身を潜める花びら、銀白色の二枚貝。うみはすきだよ、あなたは語った。躰をかがめ、ひろいあげる。首から下げていた銀時計が潮溜りに映る。秒針がひとつ、左へ脈をうつ。きっとあの日から、私はすでにあなたをうしないかけていた。

——くらやみとみずだけのせかいで

（いきて）息をして。

切り離されてなおも。光のあたらぬ陰に匿われたそれらの束は、朽ち落ちる目前の美への脈動をかたどったまま、つかの間凍結させていた。

——ちょうちょ貝？

――違う、本物の花よ
――こんなにたくさん　かかえきれないね
ゆがむ視界。
ふり仰ぐ。口元に張りつく砂混じりの横髪を手で払い、潮の気をぬぐった。
解《ほど》かれた文字とも絵柄ともつかぬ幾何学の。それは透かし絵のように透過光につらぬかれ浪の飛沫に浮かびあがり、なにかの意味を結んだかと思うとひとところに光がゆれ、たゆたい流れてきたべつの模様とからみあい、もつれて消えてゆく。だがその目に迷いはない、かならず掬いあげてみせると。跳ねてすべり落ちる旭光の、塵芥にまみれたかけらのようなな、かたく澄みきっておとずれた雪融けの音。何処へ急いていたのか。ゆくえを追うふたつの瞳は、ゆれながら地上をめざす波をつむぐ一本の糸をたぐり寄せ。
運ばれる躰。溜め息。うつつ。

＊

――これほど迄に吹雪いても香らないのは？

——氷上よりもよほど海中の方が、体感は高いはずで

他愛ない会話だ。追う影、追う風。ひらかれる四肢。ふたたびと、乞うだろうか。

遙か水底に眠るものたちの息を吸いあげて咲く、一瞬の焔の残像よ。

振動。舌触り。みえているものだけを、すべてだと思うな。

汽笛が鳴る。

ふたたび人目に晒されたが最期、我々は種別にくくられ、やがてまた同じ名で呼ばれるのだろう。けれどもそれは、きっと

ずっと先の話だ——。

塔へ

何処に向かって奔りだしていたのか、その遠い日の眼差しのゆくえを追って、此処へ運ばれてきた。……海蝕。隧道。岬への近みち。凝灰岩の割れ目に射す地上からの光。濱辺ちかくに聳え立つ灯台の、赤錆びた屋根を目印に、四つ折りにしたためた数枚のネガフィルムを汗ばむ手のなかに忍ばせて。

――いつか、本当になる気がしたの

誰の声だろう。砂利を踏み締める音。重なる不揃いの息。炎天。ゆらぐあゆみのなか、目の眩むほどに色濃く染まりゆく茜色のそらと、枯野の風景《パノラマ》をふり仰ぐ。

「すぐそこにあるのにね」

背後にヒトの気配。ふり返ると、岩礁に打ち寄せられる波音を背に、ふたり連れの女性が笑みを交わしながらこちらへ歩み寄ってくる。

「あなたも、塔のうえへ？」

この土地のひとだろうか。風にとばされそうな麦藁帽を片手でおさえる人と、黄色のワンピースの裾を膝下で躍らせるもうひとりの。ともに軽装で荷物を持ちあるいている様子もない。「マフラーなんかして」私をゆびさしながら、この時を待っていたかのように慣れた手つきで蝶番をはずしに掛かる。たやすく解《ほど》かれたその錠は、みると久しく人手に触れられず、固く錆びついているようであった。やがて扉が放たれ、暗がりの奥から湿り気を帯びた木板の匂いと、潮風を吸った饐えた臭気が綯い交ぜに流れ出てくる。背中に掌をあてがわれ、中へと踏み込む。目の前に、恐らくは塔の最上階にまで続いているのであろう、長い螺旋階段が立ち現れる。一歩ずつ、上の階へと脚を運んでゆく。

――壁に四角い穴が。階段の至るところにも
私が足をとめると、後ろからわらい声が漏れた。暗い内部の板張りの、赤茶けた部分にだけ最上部の窓からつよい光が落ちてそう見えるのだ、とひとりが言う。うえに向かうにつれ薄い硝子が激しく振動するようだが、自分の足音ばかりがいやに響くほど塔内は静まり

かえっている。

（カルマン渦をご存じですか）

私はふと、内壁のどこかにランプが備え付けられていないかを目で探した。おさない頃、夜中に怖いゆめをみると決まって部屋のあかりの紐をひっぱって、点くか否かでその悪夢からのがれるためのすべを必死にさぐっていたように。

（けれども、ねえ。風の音、というのは本当はないんですって）

（ないんですって）

息を呑み、斜め背後の踏板にゆっくりと目を這わす。伸びる私の影の先。二人の影がうつらない。足音が止む。はっきりと後ろを振り返り、ここまで来てしまったことを後悔した。握っていたものを投げ捨て息を切らして駆けあがる。――あかりを。締め切られた鎧戸を力任せに引く。開かない。もう一度引っ張る。びくともしない。完全な闇だ。波の音もきこえない。たすけを求め叫び声をあげた。果てのしれぬ塔内を引き返すことも昇りきることもできず同じ空間を闇雲に走り、逃げ惑いながら首から下げていた一眼に指を這わせる。シャッターが下りない。マニュアルモードに切り替える。宙空にレンズを向け、ストロボを発光させ連写した。階下に落ちたままのフィルムが一瞬だけ白い光に浮かびあがり、次の瞬間。闇のなかへ溶融するようにゆっくりと帆をひろげた。

*

水面にうつる塔の針
父の書物に引かれた線
そこで出あったふたりの影
私は塔のうえから、その〝絵〟を繋ぎあわせて
だれかがみているゆめの続きを、自分がいきているのだとしたら――

目を瞑り、瞼をあけても変わらぬ意識の底。微動だにしない嵌め殺しの窓にゆびをあてがう。吸い寄せられた無数の粒子が、冷えた硝子の表面をつたい落ち、外界を透きあがらせてゆく。一滴。二滴。滑り落ちるしたたりは、蒼ざめた誰かの頬をさかしまに映して指先を濡らし、暗室の微光に似たあかい砂底へと滲んで視えなくなる。
――置き忘れた画集
色の濃くなった部位を掠めとる。
眼の奥で揺れる青い炎が、遙か断崖を浮かびあがらせる。

――けれども、ゆめのなかではしねない　きっと
（しにきることができない）

＊

めざめる瞬間、私は遠くでかすかな産声をきいたきがした

夜想曲

夜の帳。

罅割れた黒雲《そら》の裂け目から、血漿の破片がばら撒かれ（……まだかえりたくないよ）さざめきが滴下した。窓辺に降り立つ夜鳥《ナイチンゲール》たち。脚の艶。蒼い呼吸。明滅する羽衣。したたる僅かな残光でこちらを誘《いざな》い、光暈を描きながらふたたび透きとおる夜気のなかへと姿を消してゆく。その羽ばたきの、息を呑むほどの静謐さに片手をさし伸べ、とどかぬ幻影をひきもどそうとふみ出した、瞬間。目の前に幾千もの水滴が砕け散り、ゆがんだ輪郭が弾けとぶ。

最後の一羽がとびたつと、同時であった。

＊

――待って

慌てて翼を押し広げ燃え立つように身を浮かす。幽かな光跡さえも見失えば、途端に今いるこの塔の空間が鎧戸ごと閉ざされてしまうのではないかと思われて。だが手首に走る痛みがそれをゆるさなかった。ふり向くと、五本の赤い爪が左手の球体に喰い込み、強張らせた身に詰め寄る。

「連れられてゆくさきがうつくしいと、なぜ信じられるの。踏みしめる地にはいつだって、みしらぬものの残像が」

堪らず大きく首を振る、沈黙をベールに対峙して。

「あのひとは、ふたりを置いてはゆかない」

おびえる彼女の冷えきった両手を握りしめる。ふるえる指先が壊れてしまいそうなほどに、つよく。光る眼差し。私はしらなかった。二つのガラス球が嵌められた、瞬きもせぬその瞳の裏側にしずめられた旋律がいまも、弾かれたままの櫛歯のように眠らせられていることを。ふたりで奏でたオルゴール。

鳴り出して、いま。

薄づく唇をひもといて、顫動するつめの先端をいだかれた首すじにあてがえば流れ落ちる毛髪は愈々黒味を帯びしなるように波うつ。その蠢く五線をくしけずり瞬く海水にくゆらせばたちまち半身にまとう銀鱗はしぶく白魚のかいなに戯れるかのようにぱらぱらとうみへ散った。氷下のページをついくぐり、ときはなちにゆかねばならない、と――ならばせめて、翡翠の一閃にこの身をおどらせて。

漆黒の羽……

燃えている濱　遡行する時計

――いまも、呪ワレシ此ノ肌身。

(水面下に伸びるその手を摑んだら、けして離しはしない。
バラバラのゆび。ネグリジェの裾。人サシ指ヲくちにあて、ワラッタ。
裸木の、掌に映しだされた〝透かし絵〟。掬ばれたゆびとゆびとのあわいでふくれあがる
無数の黒曜石の煌めきよ。かならず受けとめてみせるから。果てのない水底へ。
羽ばたいてゆけ――)

「名を消されたのよ、わたしたち」

艶めく砂の粒子が、少女の唇から零れ出た。

ダリア。

いつの頃だったか、
何度も書棚から引っ張り出しては、肩を寄せあい白いページを捲った日々。人界と異世界が海との境界線を持たなかった世に、星の軌跡を五線譜にしるそうとしたふたりだけの話。けれどもついに、ひきあわせることができなかった。永遠に彩られることのないその〝画曲〟。封じ込めるように扉をしめ、鍵を掛けた。その最後の手つきがぞっとするほど優しかった。

「この衣装も四肢もいらない。あなたは信じてゆけばいい」

重ねあっていた手をふりほどき、編まれた結い目を解いてゆく。

銀色に波打つソバージュが、彼女の胸元で虚しくゆれる。

「わたしならこうするの」

無機質な声で呟くと、翼をひろげる音を立て、背から伸び出たまばゆいシフォンを引き剝がしてしまう。金粉の舞うドレスをひるがえし、あけ放たれた窓枠に飛びのると（ひきとめる間もなく）夜空の闇よりも濃い海底へ墜ちてゆく。

……昏い、水底を覗くと

あとから後から浮かびあがるしろい羽根の残骸だけが、いつまでも私をゆさぶった。
〝かなしみは何処にも沈まない〟この戯言を焼いて、と――。

様似へ——願いの果てへ

だから、だから君はその手で押したと——？
しらない男が私に問う
目を閉じると　ありありと浮かぶ巌壁
ふゆざれの蒼穹
最北の地に咲く一輪の　叶わぬ化身
あの日、私がさし出したものは何だったろうか

＊

一歩ずつ、踏みしめるごとに陥没する地を湿らせていく。その少女の足どりにみちびかれ、彎曲した石段をはだしで降りていく。吐く息がしろい。しめった粒子が視界を遮るように風に巻かれ、頬に貼りつく髪の先端が瞬時に凍りつく。今宵は吹雪くわけでもない、霧が立ち籠めるでもないが、厚い雲に覆われて光の射さない此の岩場から一刻もはやく視界がひらけることを望み、目の前で翻る白い裾をひたすらに追った。

――ときどき着物姿で、北向きの部屋に寝かせられているゆめをみるの。

少女が云う。何度も、何度も繰り返し見るのだと彼女は話す。乾いた手も脚も胎児のように縮こまり、固く冷えきって、自分の身体じゃないみたい――わたしは彼女の身体をかりてこの光景を視せられている。それは一体何をつたえたいのだろう。胸を劈《つんざ》く感情が旋律を遡るようにわたしのなかを満たしてゆく。

二本の脚が動きを止める。

突然の静止によって呼び覚まされる足裏の感覚。岩肌に埋まる石の破片から割れた皮膚の傷口を庇うようにあるいてきたせいか、曲げようとするゆびの一本一本が焼けるように熱い。少女に見られぬように目がしらをぬぐう。

――声がするの。湿った障子の和紙が、下の方から徐々に仄かな赤紫色を帯び、やがて昏い夜の帳に沈みゆく頃にうっすらと瞼をあけて天井をみつめると、遠くからふってくるみたいに子どもの声が。戯れに私も、その子らの足音を数えた。きのうは四人、きょうは三人。遠くへ行きたいと願うとき、精一杯手を伸ばすとこの部屋の外を駆けてゆく瞬間、確かにその数秒間だけ、ひとり分の足音を摑める感触がする……。

手折れそうな萼《うてな》にふるえるゆびを添え、精一杯のくちづけをした。誰がしいたのでもない。常にふたつの対角線上にあって、透明体一枚めしいた位置に竦んでいる。視えないのだ。どれほどの時間がたったのか、幾日ものあいだ水気をふくんだ土のなかに埋もれて薄目をあけたままの状態でいる。時折しずくが垂れてくる、そのたびごとに瞬くふたつの黒い孔。あれはだれの瞳だろう。ふるえるほどの薄さで縺れ、かさなりあう。あれはだれの声だろうか。二重三重にうつしだされる輪郭が僅かなうごきを見せる。警報解除の合図。

――なんていう花

――薄雪草

——その名をどこかでみたことがある

（とどけて、）

瞬きをする。睫毛に付着した水滴を透かすと、ふり返る少女が視界にゆれた。傍らに身を引き、こちらの歩を促す。さし伸べられた手にふれて、岩壁に打ちつけられる足下の波濤を想った。つよく目を瞑り、潮の砕かれる波音にまかせて瞼を引きあげる。

目の前に広がる光景は、途切れることなく伸びていく石階段だった。その最果ては黒い水底に沈んで判然とせず、浅瀬に打ち寄せる潮水が爪先を濡らした。

これが〝境界線〟か——。

視線を投げると、彼女はまっすぐな瞳で受けとめ、静かにうなずいて見せる。ふるえの止まない手のなかにたむけの花を握らされ、片足だけみずに浸からせる。そのわたしの背にそっと手をあてがい、彼女は力を込めた。

＊

なぜ長時間あけっぱなしに？

男に問う。沈黙が続いた後に投げかけた一言だった。覚えたての遠近図法。その（描きあげられることのない）画布の隣に三脚を並べ、同じ方向を見つめている。

曰く、暗闇のなかにも光は飛びかっているのだと。

遙かに望む岬の岩場の出っ張りが、ときおり不規則に蠢く気配がする。

「ひろうんだよ」

重ねて云う。

――ひろうんだ

真冬の様似《そら》へ打ち続く断崖にいる。

（ふれているのに）あまりに遠い。スパチュラを握りしめ、ひろげた掌でさぐりあてていく。めくれたさきから咲いてしまわぬように。

白み始めた薄曇りの水平線に、目を瞠る。

まばゆさの向こう、毛羽立つものが動いている。

願いの果てへ。

（いないわたしがいないわたしを呼んでいる）

水媒花

（祖国、ことわりに日の字を添え。くちずさむしらべのとおりにひろがってゆく。ついぞ口にすることの叶わなかったその音韻は、呑みくだした鹹水の塩からさに塗れて身を蝕む。

――水媒花。こんな容貌《かたち》でしか我々は、息を継ぐ術を持たないのだよ。宵の口。人知れず物の怪の呼気が沈められる水面下。三半規管を失った耳介の奥では、何処までも張り巡らされた地上の喧噪が臓腑に響くだろう。試みに問う。光を疎み、姿形を変えられてなお犇めく細胞の蠢きになぜ、未だ我々は繁殖を繰りかえすのだろう）

＊

……駆けて、追いつき追われるままに。

いつまでも、戯《あそ》んでいたかっただけなのに。なぜ、みあげるさきはいつも夜なのだろう。祝福をしらない。星々はただ、死後のひかりをかえすだけ。

躊躇いはなかった。

地蔵菩薩のたちならぶ石階段を駆けてゆく。まろびそうになりながら、息を切らして。吹雪のために、寝屋の建つ向こう岸との距離が曖昧に霞んでゆく。忽ち掻き消される本土のひとたちの息づかい。崖の下には潮の花。数拍の後に胸を打つ、波浪のうねりが寒気と絡まりだれかの悲鳴にきこえる。

呼ばれた気がして、
ふりむく。

海面を這いあがるつむじ風。瞑る地蔵の表情が僅かに動いたような。足下を覗く。岩礁に打ち寄せ迫り来る潮の濃さを目の前に、初めてふるえを覚えた。

うち上げられた片っ方の靴。衣服と思われる切れ端。

人家――。

「ここ、此の場所だったんだ」

巌壁にそなえられたしろい花。撃ち砕かれる波濤の音。百年以上前に見た、同じ位置、同じ場所に佇っている。
――お墓で転んではならない
ふいに耳元に落ちる、亡くなった祖父の声。煽られて、折れ曲がった傘の柄が指に喰い込む。咄嗟に手を離す。アッと手をつこうとしたその刹那。この身は濡れた岩肌を滑り落ちていった。

……あと――年、待っていて
懐かしいひとの声。
赤い手鞠唄をたずさえて。
喧嘩ばかりしていた。その日も、丑三つ時といわれる真夜中にふたつの影が伸び。
もう二度と通ることはないと悟った裏山の。つめたい海のみず。夏なのに、みなぎっていた白昼の熱気や遊泳客たちのわらい声のいっさいが砂の底にしずめられたように、消えて。
（その白い、一粒ひとつぶを
（二本の箸で摘みあげ
（ひろげた左手にうつしかえていく
第一関節から先をうしなった指。灼熱の一点を宙に浮かせ、いくつもの輪を口から吐き出しながら。たあいないことば。潮風に皮膚を晒し、たえず打ち寄せる波の果て。
（ぜんぶ嘘
それでもつづいてゆく現実。
秘密を共有することは、陸を繋ぎあわせてゆくことになるのだろうか。
規則ただしく上下する胸に手をのせて、その声を背中できいていた。
（託されたのは手紙じゃない
（紙片にしるされていたのは、幼い頃のわたしの本当の名
——はやくゆき過ぎよ　此処らもそのうち、水に沈められるから

心音を失くし、波打際にあゆみ寄る。黒い汐に腰まで浸からせ、膝を折って叫んだ。

対峙して、ただ一点を見据え。ゆっくりとみぎ手を差しむける。

瞬間。目の奥の文字盤がクローズアップして被写界深度が吹き荒ぶ。遙かに灯浮標がスライドし身体は背後に突進む。光の放射、夜の交錯。焦点距離数千ミリメートル。もうずっとかなたに浮かびあがるのは、手のなかの時刻表から飛び立とうとする朧ろげな灯台だけ。

＊

……燃えている、枯れた花の器。

潮溜まり。顔をあげ、痺れた手をのばす。

仄ぐらく美しい。その奥に浮かびあがるもの。

手を浸す。

あれは曾祖母の教えだったろうか。いきてあることをたしかめたい。ふあんな夜があったなら、みずの張った処へ自分の姿を映しなさい。

——うつれば大丈夫
——安心して眠りゃあせ
波紋を呼ぶ足音。

その時だ。波打際に貌を覗かせる存在に気づいたのは。

ゆがむ視界。

ふり仰ぐ。

であうべくして、私たちは出逢った。


重なる影。

海岸線を辿ったさきに浮上する記憶。
もういちど波打際に佇むと、背後に去っていくものの気配がした。

第3章

植物《フローラ》

なつの初めに、失くした心音をもとめて。ひとりの影が黒衣を翻しその坂道を立ち去った。橋の上では、咽せかえる樹陰の下でつめたくなった欄干に顔を伏せ、かたくなに黙する玉虫の死骸を握るひとの姿。足下の朽木に目を馳せる。たえず何処からか鳴り響く錆付いた扉のノック音。雨。ふりしきる音。返答などある筈もなく繰りかえし、啼いて——。

(去っていったものが、何者であったのか分からない……是《これ》は証、刺し傷でなく。名付け得ない雫が、織り重なる金属光沢の膚《はだえ》の表面に割れ。そのなかを疾駆する列車。軋轢の音にひき裂かれ、耳に遺されたその瞬間を忘れるな。だが墜ちてゆく、散りぢりに砕かれた葉脈の先端が夕刻に解《ほど》けてゆこうとするそのとき。どうしたって、不在。不在が。標本の針に突き立てられるみたいに、咲き毀《こぼ》れるから)

光の反射によるゆえに死してなお生血の美しさを宿すその翅よ――「植物《フローラ》」。そこに佇っている痛みに発光する姿。

（わたしはあなたに　ふれたかった）

序章

腕のなかにいる　優しさが告げる
こと切れるその瞬間の、一寸前まで曳かれていたかのような跡《しるし》、幽かなひかり。ひとりでにはためく手記帖。最終頁の文字。息。みえない残響。もう一オクターブうえ。白鍵に落ちる小雨のかるさで此岸のかなしみをしったあなたは泣くことをわすれ、はつゆきの朝に薄化粧をして……

＊

某月某日。

季節がわからないのではない。三つまでしか数えられなかったのだ。

——瞼の奥。球形の光の中

金魚が一匹浮遊している。片目をつむると慌てふためくように身を躍らせ、あかい背ビレをちらつかせながら外界への角膜《とびら》をノックする。水中にひるがえる音。まぶたに跳ねるつめたさに酔い、何度もなんども瞬きをする。やがて目から溢れる水滴が果てるまで戯《あそ》んだ。

そのきみが、

いつかふれたいと云った、もうひとりのきみの筆跡に手をあてがったとしったとき、きみが発した語《ことば》はやわらかかった。そのひっ掻いた痕のような語尾の余韻《しるべ》を、わたしはりょう手でたぐり寄せ、しまつに困惑したきみの眉のひそみにそっと息をふきかける。窓辺に伏せられた写真立て。余白にかき添えられた文字。憶えているだろうか。自分が何者であるかを問い、みずからの生を削りとり画布に塗り込めるがごとき夜あけの水平線の。苔む光の函。流した白蠟と。紅筆を握った手。乱反射する（もうすこしだから　待っていて）。かたく閉ざしていたはずの潮の花が解《ほど》け、うみに掲げられた礫と誓いの詞が交叉する。犇めくほころびの僅かな透き間にあぶら絵具を一滴、たらし込む。

墨画のような濃淡。視界がひらけてゆく。
――眠ろうとするとき、だれかが鍵盤を落とすの
聞き覚えのある声。(つめたい音よ、誰もいない裏階段から。カーン、カーンて……硝子
の扉を、小石で叩くみたいに)瞼の裏から打ち寄せる。潮騒が近い。手帖から目を離し、
伏せられた一葉の写真を裏返した。

ときを経てなおも艶やかな。
金箔糸。目を奪われる光沢の。鬢の艶。織り出された大輪と繻子織の緞子。毀れそうな銀
鶴の映える、文金高島田――。
打掛に身をつつむ姉の姿。
晴れの日に似つかわしいとは思えない、赤く腫らしたまぶた。とり囲む血族の泣き笑いと。
空いた席。なぜだろうか、ひとつだけ足りない。その姿がうつらない。(……母がいて、
私がいて彼女がいて。そこになぜ、もう一人の〝かの女〟がいないのか)
わたしだけが、
姉の花嫁衣裳を見なかった。
親族集合写真。最前列の中央右側に掛けた姉は膝の上で、扇子の代わりにちいさな写真盾

を手にしている。その木枠のなかでワラうその顔を、わたしは知っている。しっている。

——ゆめは白黒か、カラーにみえるのか
しらない町がみえる。白いあばら家。蛻《もぬけ》の天袋。窓際の木机。波のおと。

鳴らないはずの黒電話。ふるえる手で受話器を押しあてた。

「夢でみた写真の色を思い出せばいい。もしも答えが、しりたいのなら」

手帖が滑り落ちる。撓むゆかの木目。脚をとられ膝からくずおれる。いつから此処にいたのだろう。地鳴りがする。ひらかれたページ。だが最終頁がみあたらない、書きだしも終焉もない。みだれる呼吸。そんな筈は——。めくっても捲っても辿りつかない。(……そばにいけない、ゆくことができない)見覚えのない無数の文字がちりばめられた星屑のように白紙のなかにさんざめく。淡い記憶。眩暈のように浮上して、細波となってうごきだし、窓からこぼれる外光と透きとおる白昼の微睡みにとろけて散ってゆく。

やがて起伏するうねりに一切がほどけてみえなくなる。

——はじまりを　わたしにください

＊

「ほら、ふいて。泪を」

見覚えのある岩の影。山裾野。据え置かれた金魚鉢。（墓石にみずを、両手に花を……）

わたしは泣いていたのだろうか。顔をあげると、子どもたちが大人に倣って手をあわせている。

しゃがんだ膝に攀じのぼろうとする子どもたち。家についたら絵本のつづきを、いっしょに。手をつなぎ、燈した蠟燭の灯りの向こうへ駆けていきたい。

プネウマ。水の精《ウンディーネ》。セイレーン。

人魚姫……

〝――ゆび輪よ　ゆび輪よ　ころがれ――〟＊

「みて、しがつの」

煌めいて

青葉のしずく。

ふれないことで繫ぎとめると。それが最愛と信じたあなたの分身を、いちどだけつよくだきしめて、いま風花のなかにときはなつ。

（ここに、ひとつの物語を……）

＊サムイル・マルシャーク『森は生きている』より引用

案内図

I

……あう前から。あめは降りつづいていて、あなたは指定された駅におりたって、これからむかうはずの建物の方角を背中で意識して。曲げたひだり腕のシャツの袖を捲り、かためをファインダーにちかづけ、みぎがわの裸眼で外気と湿度を推しはかり。

すれ違うひとびとの熱。さらされた素肌のふくらみと質感。みだれる呼吸のあい間にも寸分かさなる沈黙が、鳴りをひそめていることをいま、視えない〝色温度《ケルビン》〟に求めて。むかうところはなんてことのない、インフォメーションギャラリーで。

2

ひとの波、石畳。

〝旧〟の文字の隣にならぶ音楽院跡地。「ここじゃないね」あなたはつぶやいて、鞄からそっととりだしたパンフレットをひろげてたち止まる。——案内図？　うけとってきたの。いつ。まっているあいだに、プラットホームで。

片耳にこぼれるわらい声。剝げかけたZのアルファベットに斜からひっ掻き傷。ふたつのOがならぶ看板をふたりで通り過ぎ。しずけさのなかへひいてゆく人波をよそに、傘をひろげる。濡れて色濃い樹木のした。焦点《ピント》が定まらなかったのだろう、あなたの右目のうつろをゆびさして二度めのわらい声。さしていた傘がすべり落ち、つかのま風にとばされる。

3

薄曇り。自然光《可視光線》のした。

うつむけた顎の線、頬にさす紅潮と翳り。いちどとして同じ表情はみられないと云う、あなたは仮にも反射、透過、放射、吸収、といった虹のような放物線のなかに数十分の一秒の速度で切りとってみせる。（もう本番？）ふいをつかれて雨音のなかにみじかくこだましたのは、誰の声――。

4

階段。螺旋。おりてくる足音。膚にはりつく湿気をふりはらい、着替えを済ませたその影はずっと階上《さき》をみあげた。赤い絨毯。紺地の裾。しろいあし首。くちのなかにひろがる蜜の味。手摺の彫刻、光る文字盤。その長針を追い、速度を落としていく。数秒分の一、壱秒と数十分の一――やがて被写体が消えゆくか否かの直前、もうひとりが段をのぼる。ふりむいて置き去りにされた階下の片割れの存在を呼び、視線をくゆらせる。

5

「素描《デッサン》をはじめたの」。語った彼女のひとさしゆびにあたる、窓からの量子。分解し、かみくだかれて。置きわすれた単焦点《レンズ》にきがつく。長い回廊の折れ曲がった昏い先にあらわれる、ふるびた警備室。「ひきかえにあなたの名を」ペンを握るもどうしたことか、うごかない。訝しむ間に何かの破砕音。非情に摑まれたままの片腕。

離してくれとふり払った途端、あなたの掌は虚空をつかみ、職員の男の肩をすり抜ける。

はっとして背後をふりかえる。透きとおったのは、どちらの身体なのか。

ワラう被写体《かのじょ》の姿——。

いましがたラストに立たせようとしていた最上階の窓をふりあおぎ、片目でたしかめる。

〝やっぱり、ここでもないね〟木霊する、不在の人の声。

＊

私たちはいま、だれの時間を生きている？

前夜

いつも実体のない
背後の影は長いようで
足首だけが、
異様に光ります

*

——声がする
あかりの消された礼拝堂へ続いていく裏階段を、私たちはあがっていった。塵が舞う。ひとけのない、とり壊される間近の廃墟特有の匂い。一段、また一段。ちがう踊り場に出るたびに、使いふるされた山積みの食器や鈍色のワゴンが目に光る。(……むかし此処で、働いていた頃。夏場の通用口に額の汗をぬぐいながら切り花を手入れする女性がいた。私はたしかに言葉をかわした、かの女と交わしあった)足下を蜘蛛が這っている。その姿を覆い隠すように、斑の模様が幽かに赤味を帯び、黒地の絨毯へと牛きた脚を拡げた。嵌め殺しのステンドグラス。降り注ぐ透過光がひとところにあつめられ、ときがふる。目にうつるすべてのものがうつろってゆく。ひかりの素描だけがこのまま繰りかえされるのか。
こつ、と音がした。
男がさきに立つ。ゆびを立て目配せする。倣って扉に手をあてる。ちからを籠め、身を滑らせる。百合の香がつよい。熟れた花芯に身を沈めるようだ。息を吸い脳天をあおぐ。ゆらぐ焰。目の奥に燃えあがる燭台が火の粉を散らし(私はなにか、とりかえしのつかないことを)
みちびかれる、
もうひとつの場所へと。

嘴から、液が。

したたり落ちる瞬間を私は見のがさなかった。

「夜中にくるしくなるとね。いつもこの水音を聴きに来るの」

汚れた松葉杖。ふたりで抜け出した。

瀕死の魚体を思わすその口は宙を剥いて白濁し、溢れるみずは糸を曳き垂れ落ちる間際に球体となる。一滴、一擲。底のしれぬ水面に大小幾つもの波紋を生みだしていく。森閑。つきも星あかりもない、其処はふたりだけの場所だった。

もう、あえない
あうことはない
「私はあの子がかわいかった」

あかく濡れたみずに手を浸す。水そのものが赤いのか、焔が透けてあかく視えるのか。焼けた色。地底に眠るいろ。石造りの水鳥の頸をつたい、嘴から零れ、憩《やす》めた羽を濡らす。洗われたかの女の手首だけはしかし、血のかよわぬように白かった。

揶おうとして言い澱む。

その間隙、みるとうつくしかったかの女の横顔が白骨化したかのようにうごかない。ふれたらさらさら、あとかたもなく淡雪に融けてゆく白砂でできたつくり物みたいに。

息を呑む。夜あけが。はっとふり返ると伸びていた私の影が異形と化し、朝靄の中に霧散してゆく。話していたのはかの女であったか、私であったか。繋がれた手。逆光。薄絹《ヴェール》。琥珀色の水面。トパーズをちりばめたような。距離感は錯覚を呼び虚像の輪郭を膨らます。近づく気配。二つの地点が引き寄せられていく。

何が——かの女の身を蝕むのだろう。まだすこしだけ早い新緑の折に、いましも実がこぼれ落ちそうだとゆびさしながら語りかけてきた。見慣れぬ地図を片手に、ちいさなチャペルの扉をひらき、ふたり腰かけた。おとずれたかった場所。形の違う石や木彫り。湿った土の匂いに顔をちかづけ、かの女は異国の文字で綴られた語《ことば》を譫言のように呟いていたが。いまなら思い熾せる。ならば私は、やわらかに絆《ほだ》された処になどいるべきではないではないか。

こんな、まぶしいひかりのなかに。

*

疎らの。切り取られた瞬間の画。

浮かびあがる夜の林道に剝がれ落ちる影。

届けたいことばは、何ひとつとどかなかった。

（光を避ける子でした）

黒服に身を包む男は、襟元のタイを直しながら通用口の手前に吊るされた大盤の姿見に上半身を浮かべる。脚までは映らなかった。彼はいつから此処にいたのだろうか。そしてまた背を向け歩き去ろうとしている。その影が寸分、伸びた気がする。

張り巡らされた絨毯の唐草先端が、幽かに波打つ。振り向き様、はにかんだ。

――申しそびれましたが。私はむかし、リングベアラとして赤絨毯の上をあるいたときに、肝心なところで片方の指輪を落としてしまいました。それがいま、此処に従事するに至った契機となっています。

せめてもの償いに。

留まらない、うつろいを秘めた瞳。胚胎を思わす球形は、湛えるとも違う、跳ね返すともつかない、内側から張られた水膜に静まる記憶をたずさえ。

あと、九秒。残り八秒。

すんでのところで地を蹴った。とどまり方をしらなかったのだ。日没をくらます黒雲は、打刻するいとなみを奪う。

死後に吐き出す糸。

もうじきの日。

縺れたふたりの足は壊れかけた自動人形のように、目の前にふさがる両腕のなかへ、真っ逆さまに落ちてゆく。

*

（みせてあげたかった
（ひとめだけでも、光を……

ひとつのしらべが生まれようとして

……いまも、ゆれている。そう、その揺曳はおさまらない。おとずれるはずだった記憶の地、耳にするはずだった楽音の軌跡がなみまに生まれる潮の花をりょう手にあやしている。夕闇の迫る道端の。黒い湖面にうつる光の層。小雨のふる日だった。一度だけ（たったいちどだけ）ためらったときには〝いいんだよ〟って、はじめてきく声は。いきさきは誰にもつげられず、地図にはあとからしるした痕跡があった。呼吸するたびにみえない五線にからがっていく点と符だけを掬い、もぎとった種子に埋めてゆく。つみ、というならば言え。ときを打刻するには、いたみをともなう。木苺の実がなる石畳。ふたりの影がゆきすぎる。一本の傘の下、つかみどころをなくしたひだり手が心もとなくふるえ。あしもとでたえずぬかるむ音がする。雨滴をこぼす果肉にみいり、みずを欲した。ガラス張りの渡り廊下。ふりかえると、純白のドレスの裾がカーテンの裏に隠れるようにたたずんで。ステンドグラスの光彩を背に、むきあうふたりの肖像画。うつむけたひたいをよせあい、視線をうえに——こぼれだすわらいごえ。階段をおりていくかの女たちをみとどけて、いつまでもながめていられたら。たあいないおしゃべり。おやみない振り子。(とおくで鐘が鳴るようだ) 途切れ、とぎれ。ひとつぶ、一粒。あけはなった小窓を透かしてひたいに押しあてられる文字。あとひとひらをおもいえがくとき、滲みでてきた樹脂に光がさしてからだをつらぬいていった。熟して地に落ちる。やぶれた被膜からつぎつぎに毀れでる。これはめざめだろうか、まどろみだろうか。うちよせては、しだいに遠ざかる。その狭間にひとつのしらべが生まれようとして。いまだ花に埋もれた壁のなかから、はだしのままつちのうえにおり立つ。白く透いた髪をほどき、小雨のふるそらをふりあおぐ。

地上のちりみたいだ——。

第4章

ドルチェ

、　とかかれたメニュー表を孔のあいた譜面台からいちまいだけひきやぶり、わたしの背後に置かれたふるい屑籠のなかへ、そっとはなった。あなたの、綴じられたまぶたの蕾を透明のステエションとして。ゆいいつそこに赦された切符をわたされたふたりは手にてをとって、であうべくしてあさ焼けの萌芽へ。

(ときはふるものか、ながれてゆくものか。それともひきのばされた銀盤にきざみ込まれるしるべのようなものなのか)

据え置かれたピアノ。ふきだまりに、流れ落ちるふゆのうみの残光。

(毀《こわ》すならいまだろうか)

手首から落ちる、時計の銀鎖《ストラップ》。

どれほどのよろこびが、あなたを。

＊

へんか。

返歌？

それを描こうとするとあなたはとたんに、……　落としそうになる、おとしそうになって、あわてて手をのばしたせつな、目の前を透明の呼吸がながれ過ぎ、顔をあげるともう誰の姿もない。そっとたぐり寄せ覗いてみるものの、凝らせばこらすほど花びらは折りかさなる鏡、ひかりの粒をはねかえすからその色の細やかなうつろいにあなたもまためくらまされてしまう。

誕生日ケーキの蠟燭みたいに。

――カラーバランスをみたいだけ、境目はいらないね

いくつもの結びめがひしめいている繊維の綻びに、点在するまばゆさが、肢体をのび縮み

させながらすぼめたまぶたのふくらみを這ってゆく。つかの間、その音のひとつをひろおうとしてみるまにきみの目の裡にひろがった。(さっきどうして、袖口を摑んだのですか)そんなたあいない問いをもうひとりのきみがたくみにあやつって。

いきが鳴る。

わたしに解けない記号や言語の整合性を組み立てて、目には視えないゆがみやひずみのかたちにぴったりあてはめる(きみは、器用だ)。かた手で穿った座標軸、隆起するベルとエンボスの斜にみえ隠れする反射光。二度と同じようには描けないはずの質感をふたたびあらわして。

――耳をひろげると、目のうらがわがみえるって

きみが手を浸しているはずのレンズ越しにうつる青の世界は、同じ水面をみあげているわたしの知覚する青と永遠に透過しあうことはないんだろう。ならばもうひとりのきみが熾そうとしている浮子《ブイ》の光跡を、だれがそれと言い切れるだろう。きっと誰がとなえられるものでもないけれど、幼い両手につつまれたふたつ目のある苔玉が、ゆきどけの戸棚にかざろうとする踵のきずにふれることがあったなら。

「似てる」と言って。
せめてその一瞬だけはくちをとざしたままでいて。

移動撮影

遠く
潮騒が梳《と》かれ
剝がれた石壁のしろさに浮かぶだれかの小指のひっ掻き傷
乾いたゆかの木目に病葉のかるさで忍び入る、影
書き損じ

*

ちいさな画廊の一角にふたり佇んでいた。ながいこと、黙していたあなたは徐に手を伸ば

す。壁に並べられた額縁の一つをとり外し、横へずらす。隣に並んでいた絵も同様に、更にそのさきも少しずつ、且つ均等に。端の額縁から順につめてゆき、最後にひとつだけぽっかりと出現した空間をゆびさし、此方をふりむいた。

そのとき　かたられ得なかった言葉をまだ、求めているのだろうか。

耳を塞ぐ。
朽ち落ちた沈丁花。立ち昇る燐。言問橋。黒く光る夜の流れの底からは、火焔と下水の入り混じる匂いがした。人の立ち寄らない路の（焼かれたフィルムに潤んでゆく）伏せられた祈りに、何度も割れて。瞬間以外には何の記憶もない、非ユークリッド幾何学の彎曲。憶えているだろうか。
死にいたる何日か前。

——ひとめだけでも、この手に
　削りとられたばらばらの指
躍る単音　石……　つぶて

おりてきて、光。

(両手で遮って、片目を瞑って。視ている世界が二重三重になどならなければいい。かきなぐった指跡。いつか触れられるくらいの距離に沈む非時間軸からのまぶしさにつらぬかれ、汀に消えゆくのだというのなら。沈む濱もあの真砂に落ちる花影も二度とこの目に焼かれぬように、あなたのみるゆめが誰にも掻き消されることのないように。その手で塗りつぶして、ぬりつぶして)

「事実の記憶は失墜の記憶でもある」

亀裂が生じる音。影と光彩の暴力的交替。絶えず現実と矛盾する過去。咲きほころぶ間際の薄さのちからで一枚めの膜をひきやぶる。交叉された腕。ひらかれ、また交叉しさながら手を振っているかのような……違う。引き返せの合図(私もまた、毀《こわ》したかったのかもしれない)。ひきとめることも、ひきとめられることからも解きはなたれたとき。

——あとすこしだけ、この道を
甦るごとに比喩をうしなってゆく。

*

ここで移動撮影は可能だろうか。

遊園地

はなたれて、ここへ来たらしい。この静けさ、薄暗さ。あまたの小さな手をひきつれて、息をきらしながら駆けていって、足下を流れるみずの音の源泉が目の前にひらけると、呼びたかったひとの背中が振りむきざまに消えてゆく。そのときだ。みえない足音が寄せ、吐く息がちらばった。きみは問うだろうか。二重三重に浮かんでは滲み、やがて視えなくなるまぶしさの裏に焼けつく二本の腕の届かなさ。距離か記憶か。記録か、密度か。どれほど写実に熾そうと試みても、あのひとは二度と同じ貌を見せぬだろう。とじられた片瞼に微熱をふくみ。きみは、そして私はそこから何を望むのか——。

＊

〝夕涼み〟
そう、しるされた切符を握りしめ、円形の梁《アーチ》をくぐった。ゆるくカーヴした道なりに、走馬灯をおもわせる速度で回転している異国の木馬たち。一頭の蹄から、剝がれ落ちてゆく数々の薄紙のような断片を、丸太で出来た乗り物の車輪がゆっくりと巻きあげていく。印字されたとおりの時刻に。
繰りかえし
くりかえし
……ゆめを見ているようだ
その声は云った。人ごみに混じり、僅かに横顔が覗いたにすぎなかったが、私は前から知っている顔だとすぐに気がついた。夕暮れが迫る。目の前にはロープの張られた広場があり、私はひとり置き去りにされていた。待てども、待てどもそのひとは顕れず、
「かならず戻ってくるよ」
女の子の声がして顔をあげた。いつの間にか、私と同じくらいの年の子が同じように膝を抱えてこちらを覗き込み、
ふりむくと
皆大人になっていた。

もう一度、同じ汽車に乗ろうとしていつまでも彷徨いつづける人の影。

ちがう空が見たいのだ、と云い幾度も通ったはずの坂道を行き来する者。


何度でもフラッシュバックする。あるときは、埃化粧をほどこした薄茶色の擦硝子の向こう。またあるときは、折りかさなる新葉を透過する午睡の淡光に。脈絡のない光景の欠片が、ばらばらに散らばった透かし絵のように宙に浮かびあがり。……どこにいますか、どこをあるいていますか。つかの間の逃亡。繋ぎ留めていて。足の裏にふみつけた感触。うごき出している記憶の連なり。ひづめを鳴らし咽喉を枯らし、さながら移動撮影の如くまわり続け——。

「おいで。一緒にリーゼを」

研ぎ澄ますたび、血は脈打っていた。踊り出る人影をふり切って、蹲る背後に忍び寄る。鬼さんこちら。ふるえる背を突きに。手の鳴る方へ。二歩目を焼き尽くす。右手を振り下ろし、乾いたくちびるで。どんな形相だってかまわない。夕餉を知らせる母の鼓動をもう一度だけ、聴かせてくれるなら。

*

不意に子どもたちの声。赤い帽子、青いシャツ。

描かれない悦びとかなしみが、擲たれた白球の放物線から翳した掌にこぼれ落ちてくる。

見守るおとなたちの影。

手を引く
てをひく。

(わたしたち、守るものがないから)

ふたりとも手も繋がずに。みぎ手とひだり手。片方ずつ立ち枯れた花弁を、葬るように。

「かえろうか」

別々の帰路。

ひとのいなくなった遊園地。

顔を戻すと、雨はあがり硝子に光が射し込み、そこに少年たちの姿はなかった。

遠くの向こうのグラウンドから響く空の歓声。その下へ駆けてゆけよ。

追いぬいてゆく、あしなみを。

瞼の裏にそっと　透かし視ている。

旋律になる前の

窓ぎわに置かれた　一枚の貝殻。
かたむけると、瑠璃色のビー玉が手のひらになだれて。
薄くほこりをかむっていたためか、まぶしさはぼかされ
真上を通過する雲にむかって、淡い海底の水草模様をうちがわからしならせる。
(欲していたのだろうか)

＊

ふけっていたのは、ちがう。老いた姿見の前の私。静止する肖像に目をやると、みるまに

刻印されてゆく。しらない、記憶した素描《スケッチ》とちがう顔がそこにある。そむけると、ガラス張りの壁の向こうを通り過ぎようとする姿。あぶなっかしいあしどりの子がひとりの女性に手をひかれ。

とっさに私は立ちあがり、フレームをあてがった。(たとえば、そう。子どもずきなの、といってほほえんだひとの眼を思いだす) きっとそのひとは、母乳をあたえるやさしさで光をさしだしたのだろう。

手折るのはたやすい

七つのいろがみ、千代紙チョコレート銀紙、菓子箱のなかの透かし紙。ひろげては綴じ、のばしてはふくらませ、おぼろげな輪郭をおもてに呈し、ぎゅっとすぼめた蕾を捥ぎとりそとへとうちひらくまで、ただ一点を見つめ、たたみつづけた日。誰がそこに織りなされたふたりの針を掠めとることができるだろう。何番めの折り目までそれをさしいれていったのか、いつしかわすれられた時間は糸ひくはしくれごと、ちり箱にきえた。

——緑がゆれる、髪がはがれおちる。

たち切られた私の一部がモップの下敷きとしてゆかしたたに、まだ息づいている。
射抜かれた気がして顔をあげると、補助輪つきの自転車にあしをあまらせる女の子。
(それはもう
小さすぎるからあなたにあわないの)
気づいていただろうか。あの日いつまでもつづくと信じた、けれども握りしめていなければ、しらぬ間に(しらぬまに)ゆびのあいだからこぼれおちてゆくものがあることを。
たまらず蛇口をひらかせて、すぼめたくちをさしむける。記憶の中の一枚の絵が、乱反射する光彩にかさなって、ゆっくりのみくだされていく。一粒、ひとつぶたしかめながら舌のうえにころがすように。
(むきあいたい、たとえあらがってでも)

*

「ええ。いい式になりそうです」
ふりあおぐと、こごっていた片頬が、緑樹からこぼれる午睡のひかりにまばゆくとけいって。少しずつ、のばしてはほぐしてきた髪をはじめて茜いろに染めあげた日には、またひとつ。この街からめぶいてゆくたしかなものがあるから。

点描された葉かげの色を手鏡の中から掬いとり、まだみぬ彼女の〝誓いの道《ヴァージン・ロード》〟に添う貝のひとつとなるように。美容室からふみだすと、かよい慣れた通学路にたつ、金木犀の香り。靴の、音

*

（旋律になる前　の）

あさの光

（白昼のうみ　ひかりにあずけられ
（窓際のベッドに横たわり　わたしを呼んだひと
（ねむりながら　そのまま眠りながら手を、さしのべたときにはもう
（とどかぬ場所へいってしまった　と
（幼いゆびに握られた
（白墨の〝欠片《あと》〟

*

印画紙にひろがっていく。その、たしかな筆致を追うときの　片目をみるのがすきだった。みだれておりたつあしの影。停止線をみうしない、添えられたハンドルから蒸発してゆく手袋の白、残された表示板の文字――行先は〝……マ、マ〟。内蔵されたミラーを介して切りとられた静謐な（地上《ここ》では、総てが遡行しているのだ）。やぶれそうな蒼い皮膚の奥に埋められた心音に、やがて遠くから運ばれる人々の気配がかさなって、だれかが鳴らすタイピング音がしずかにそれを打刻する。急いていますか。覚えたての途。彎曲した文字盤の針。とめないでくれ。つかれきったあなたの耳には、喧噪と呼ばれる騒音までもがきっと子守唄となるのでしょう。

「去るのですか」

うしなったかの女の残像をもとめて描きつづけた絵
あのひとがみたがったせかいを
わたしはいつになればこの手であらわすことができるのだろう
運ばれる小包と　あかく色づいた一枚の葉

＊

（ここにふる
（あさの光をしったから
（ぼくはいい
（もう、いいんだよ

これから、うまれようとしているものたち——
いきの音が　旭光に生まれかわり、裸足になったつまさきにとどこうとする

沈められたピアノ

蒼いみずの底には　沈められた一台のピアノが据え置かれてあって、ふるびた椅子のうえにはむろん誰のすがたもないけれど、いましがた立ち去っただけなのかもしれなくて、ただよう気配に寄り添うように両あしにはめたフィンをはずして砂のうえにおり立つと、まわりをめぐる、一定のみずのうごきがあることに気がつく。

蓋をあけ、黒鍵と白鍵の僅かな隙、心なしか翳ってみえる部分にふれてみる。それは目にもうつらぬほどにちいさな魚のあつまりで、かれらが身をひるがえすたびに無色の光が散りぢりにくだけ、やがてひとつの撓んだ螺旋がえがかれる。

消えゆくまえに片手をのばし、無数のつぶを五線にみたててつなぎあわせる。安定したひだり手のうごきに敷きつめられた光跡のかなた、みずのあわが跳ねていく。

まぶしさのあまり、目をほそめるあなたにどこからかかぼそい声がふりそそぐ。水面をあおぐと、たゆたう波のベールに透明ないきをふきいれられる。血でかたどられた箱からときはなたれた心音が、めくれあがる譜面に影をおとす。

ひとりでに上下するソステヌートペダル。

海の底で呼吸する二枚貝のように。

それはいましもひらかれようとするひとのまぶたにも似て。


やがてあらわになる、みえないはずの　そのすがた。

旋律《せんりつ》になる前《まえ》の

著者
紫衣《しい》
発行者
小田久郎
発行所
株式会社 思潮社
〒一六二―〇八四二 東京都新宿区市谷砂土原町三―十五
電話〇三（五八〇五）七五〇一（営業）
〇三（三二六七）八一四一（編集）
印刷・製本所
創栄図書印刷株式会社
発行日
二〇二一年十月十五日